لا تُصدِّقوا "ثُعلُبان"!

تأليف: نفيسة أبالي

رسوم: إرين أردوغان

ترجمة: سهى أبو شقرا

دار جامعة حمد بن خليفة للنشر

HAMAD BIN KHALIFA UNIVERSITY PRESS

سأُخبرُكم عن الغُرابِ بطلِ القصةِ الخياليةِ «الثعلب والغُراب»، إنَّهُ جدِّي لامِعٌ وأنا حفيدُهُ رائعٌ.
الثعلبُ خَدَعَ جدِّي حينَ كانَ صغيرًا، وسَلبَهُ قِطعةَ الجُبْنِ وسَخِرَ من صوتِهِ، مع أنَّ جدِّيَ صوتُهُ جميلٌ حقًا.

على مَرِّ السنينَ، ظلَّ ثُعلُبانُ يتباهى بمكرِهِ، ويسخَرُ
من جدِّي لأنَّهُ صدَّقَ مديحَهُ الكاذبَ.
وفي الحقيقةِ، جدّي لامِعٌ لم يكنْ يؤذي أحدًا،
لذلكَ لم يتوقّعِ الأذِيّةَ مِنَ الآخرينَ!

رِيشُ جدِّي أسودُ مثلُ الفحْمِ وعيناهُ مُستديرتانِ.
أمَّا مِنقارُهُ فطَويلٌ ومُدبَّبٌ، وصوتُ نَعيقِهِ رائعٌ جدًا:

وااااق! واق... واق... وااااق!

لكنَّ هناكَ مَنْ لا يُحِبُّ صوتَهُ.

كانَ جدِّي يُغنِّي بصوتٍ عالٍ.
وذاتَ يومٍ، صرخَ أحدُ الأشخاصِ:
«صوتُكَ بَشِعٌ أيُّها الغُرَابُ! ونَعِيقُكَ مزعِجٌ...
ابتعدْ مِنْ هُنا!»

الكلامُ القاسي حطَّمَ قلبَ جدِّي لامِعٍ... وأحزنَهُ كثيرًا!
لذلكَ غادرَ المدينةَ، ولم يَعُدْ إليها أبدًا!

في المدينةِ الجديدةِ، بنى جدِّي عُشًّا؛ فالغِربانُ بارِعَةٌ في بِناءِ الأعشاشِ.
وذاتَ يومٍ، سَمِعَ سِنجابًا يقولُ بسُخريةٍ:
«ها هوَ الغُرابُ الأحمقُ، صدَّقَ حِيلةَ الثعلبِ، فغنَّى... واااق... واااق. يا لهُ من طائرٍ ساذَجٍ وأخْرَقَ!»

أودُّ الآنَ أنْ أسألَكُم يا أصدقائي،
هل يجوزُ أنْ نصِفَ الآخرَ بأنَّهُ «أحمقُ»؟!
ولِعِلمِكُم، إنَّ جدِّيَ ذكيٌّ للغايةِ، والجميعُ يعرفُ ذلكَ جيدًا.
يستطيعُ سحْبَ الجُبْنِ من الزجاجةِ بواسطةِ سِلْكٍ مَعدنيٍّ.

واااااق! واق... واق... واااااق!

علَّمَنِي جدِّي تكسيرَ الجَوْزِ والبُندقِ،
وحُبَّ الأشجارِ والنَّباتِ وكُلِّ الكائناتِ.
علَّمنِي الصيدَ والتحليقَ،
وحكى لي قِصصًا كلُّها تشويقٌ.
وصِرتُ أُغنِّي مثلَهُ تمامًا:
وااااق! واق... واق... وااااق!

جدِّي أفضلُ صديقٍ، ويُساعدُ غيرَهُ عندَ الضيقِ.
ويُقدِّم هدايا برَّاقةً لِمَنْ يُشاركُهُ الطعامَ!
فقلبُ جدِّي طيبٌ وحنونٌ.

في ذلكَ اليومِ البعيدِ، حضرَ الثعلبُ ثُعلُبانُ، وأبدى إعجابَهُ بريشِ جدِّي الأسودِ وصوتِهِ الجميلِ.

ظنَّ جدي أنَّهُ صادقٌ، ولم يُدركْ أنَّهُ مُنافِقٌ! لذلكَ قالَ ثُعلُبانُ عن جدِّي: «إنَّهُ أحمقُ».

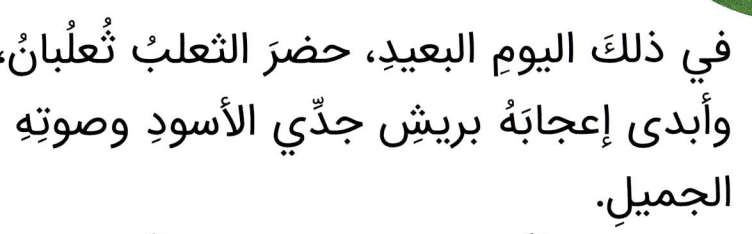

أُعجِبَ جدِّي بمديحِ ثُعلُبانَ وكلماتِهِ الجميلةِ، وقالَ لنفسِهِ:
«إذا شكرتُهُ، وشاركتُهُ طعامي، هل سنُصبحُ صديقين؟»
وما إنْ فتحَ منقارَه ليشكرَهُ، حتى وقعَ الجُبْنُ، فالتقطَهُ ثُعلُبانُ والتهمَهُ!

ثُعلُبانُ الماكرُ لم يشكرْ جدّيَ، بل اتهمَهُ بالغباءِ!
واستهزأَ بِهِ، وقالَ لهُ بتكبُّرٍ وغَطرسَةٍ:
«إذا أُعجِبتَ بمديحِ أحدِهِم، سيأخذُ طعامَكَ من فمِكَ
وأنتَ تتفرَّجُ عليهِ».
ولم يتوقفْ عن سَردِ الحكايةِ، لذلكَ صدَّقَ الجميعُ كلامَهُ.

سمعِتْ حيواناتُ الغابةِ القصةَ، مثلما سردَها الثعلبُ ثُعلُبانُ. وصارَ الجميعُ يُطلقُ على جدِّي صفةَ «الأحمق!» فما رأيكُم بما جرى؟

هل نكونُ أغبياءَ إذا صدَّقْنا الكلماتِ اللطيفةَ، ورَغِبْنا بأنْ يكونَ لدينا أصدقاءُ؟

أنا رائِعٌ حفيدُ الغُرابِ لامِعٍ،
وها قد أنهيتُ قِصتي.
شاركوها معَ مَنْ حولَكُم، كي يعلموا أنَّ الغُرَابَ من أعماقِهِ يرغبُ بتكوينِ الصداقاتِ.

وأخيرًا وليسَ آخرًا،
لا تنسَوا القولَ بأنَّ
صوتَ الغُرابِ جميلٌ.

وااااق! واق... واق... وااااق!

فهذا سيُسعدُني كثيرًا.